À Susan

Adaptation française de Justine de Lagausie
Texte original de Anita Jeram

Première édition française 1999 par Librairie Gründ, Paris
© 1999 Éditions Gründ pour l'édition française
ISBN : 2-7000-4140-2
Dépôt légal : mars 1999
Édition originale 1999 par Walker Books Ltd
sous le titre *Bunny my Honey*
© 1999 Anita Jeram
Imprimé à Hong Kong

Loi n° 49-956 du 16 juillet 1949 sur les publications
destinées à la jeunesse.

Mon Laperlimpimpin

Anita Jeram
Adaptation française de Justine de Lagausie

Gründ

Maman Lapin vient d'avoir un petit.
Elle l'a baptisé Pimpin. C'est tout
le portrait de sa mère, en plus petit.

Il a de longues oreilles,
un nez qui remue tout
le temps et de très
grands pieds. Sa maman
l'appelle avec tendresse
« mon Laperlimpimpin ».

Elle lui apprend tout ce qu'un lapin doit savoir :

comment courir et sauter,

creuser des galeries,

frapper le sol avec le pied.

Parfois, Pimpin joue avec ses meilleurs
amis, Cannetille et Missouris. Ils font
des parties interminables de cache-caneton,
de sauve-souris et de saute-lapin.

On les entend chanter à tue-tête :
Nous sommes des petits amours,
Saute par-ci, saute par-là,
Nous sommes doux comme le velours,
Youpi, youpela !

Si par malheur un jeu finit dans
les larmes, comme il arrive parfois,
Maman Lapin sait les consoler.

« Ne pleurez pas, mes petits amours,
leur dit-elle. Je suis là, à vos côtés ».

Un jour, Pimpin s'est perdu. Comment
une telle chose a-t-elle pu se produire?
L'un de leurs jeux a-t-il mal tourné?
Pimpin est-il allé gambader trop loin?

Nul ne le sait.
Toujours est-il que
notre Pimpin,
lui, ne retrouvait
plus son chemin.

Plus il cherchait sa maman
et ses amis, plus il s'égarait.
En vérité, il était bel et bien perdu.

Il se mit à pleurer :

« Maman, Maman !

Je veux ma maman !

Maman, Maman !

Je veux ma maman ! »

« Mon Laperlimpimpin ! »

Tiens ! Pimpin dressa l'oreille.

« Mon Laperlimpimpin ! »

« Mon Laperlimpimpin ! »

« Mon Laperlimpimpin ! »

« Maman ! »

Maman Lapin prit Pimpin
dans ses bras et le serra
fort contre son cœur.
Elle caressa ses longues
oreilles, frotta son nez
contre le sien et déposa
un baiser sur ses grands
pieds. Alors Pimpin
sentit une douce chaleur
envahir ses oreilles,
son nez et ses pieds.

« Je t'aime, Maman »,
murmura-t-il.
« Moi aussi, je t'aime,
mon Laperlimpimpin »,
répondit-elle.
« Et je vous aime aussi,
Cannetille et Missouris. »

Sur le chemin de la maison,
Cannetille et Missouris
entonnèrent leur chanson
favorite :

Nous sommes des petits amours,
Saute par-ci, saute par-là,
Nous sommes doux comme le velours,
Youpi, youpela !

Alors Pimpin se sentit
soudain le plus heureux
des lapins.